황리단길 가네

시와함께(Along with Poetry) 시인선 036

황리단길 가네

주한태 제8시집

시와함께 넓은마루

남산 돌 하나
정적이 스친다

긴 숨결 황남길
흔적이 꿈틀거린다

골목이 기지개 켜고
낯익은 그림들 수군거린다

어둠 찬 등불
고개를 들고 새싹을 틔운다

내면과 현실이
등가적으로 가지를 뻗는다

2025년 여름
청노루 뜰에서 주 한 태

| 차례 |

제1부

꽃배 실은 봄

민들레 이야기

뜸 핀 하얀 민들레
눈망울 맞대고 웃는다
똥 싸도 꾸린 내 모르고
달구지 밟고 가도 아픈지 모른다

언덕에 등 굽은 소나무
애꿎은 사연 바람 날려 보내고
무논에 메뚜기 사랑 이야기
홍굴래가 절룩절룩 방앗간에 간다

울타리에 걸린 초승달
단석 하늘에 눈망울 적신다
동네를 들썩이던 민들레 향기
꼬부랑 할머니 등살을 어루만진다

아름드리 옹이가 눈을 감고
산등에 반달을 지그시 움켜잡는다

반딧불이 마을 어귀를 밝히고
이야기는 감처럼 익어간다

시비詩碑는 바람을 타고

황남단길 걸어가네
은행나무가 시비를 품고 있네
노랗게 물든 갈바람
계절을 모르고 방랑객 찾아오네

꽃소식 입에 문 까치
골목을 쏘다니며 안부를 전하네
검고, 희고, 살구빛 얼굴들
코쟁이도 함께 걸어가네

한글을 모르는 사람인 듯
시비 앞에서 혼자 중얼거리네
은행나무 귀가 뚫린 듯
까치가 새 옷을 갈아입고 가네

불어오는 바람 타고
TV*, 방송이 고요를 깨우네

먼 곳 지구촌 들썩이며
동포들 눈시울을 적시게 하네

시비는 어둠을 감싸안고
골목은 이무기 되어 하늘에 날으네
발 없는 소문은 번지를 모르고
바람은 구름 타고 먼 길을 걸어가네

*제16회 노래하는 대한민국(TV조선) 촬영장

꽃배 실은 봄

보문길 가로수 벚꽃
썩은 몸통, 찢어진 팔다리
호수를 애처롭게 지키려니
민낯 얼굴 꽃그늘에 잠긴다

고목은 볏짚으로 감싸고
가지는 호수에 목을 떨군다

까치는 앙상한 실버들 가지에 앉아
님 소식 입에 물고 나래짓한다
들릴 듯 애틋한 음성
흔적에 가느다란 전율이 흐른다

봄을 실은 개나리
호수를 가로질러 바쁘게 걸어온다
짙은 향기가 물방울이 되어
가슴으로 또르르 굴러오고 있다

꽃배 실은 봄은

한들거리는 호수를 달랜다

물결은 층층으로 흩어지고

들리지 않은 함성으로 다가온다

꽃배는 봄을 가득 실어 나른다

천마총

동해의 잔잔한 파도에
이견대 옥피리 소리 등지고
황리단길 마중한다

에밀레 종소리
토담을 쌓아 놓는다
천마의 발굽 소리
천년의 긴 숨결 내뿜는다

왕관에 달랑이는 옥구슬
옷고름 곱게 흔들려오면
미소 띤 얼굴 거리를 꽉 채운다

깨어진 토기들
아득한 옛이야기 토해낸다
서라벌 가슴에 곡옥들
청자색 고운 손, 님 맞으러 가련

하루

청노루 하얀 구름
뻐꾸기 울음에 핀 들꽃

꼬부라진 초승달
벽도 산정에 내려 온다

고라니 슬픔은 가고
감 익는 소리 귀 스친다

먼 길을 간다

나그네 인생

해 뜨면 일어나고
어둠이 오면 눈을 감는다

잡고서는 놓아야 할
길목에서
홀로 서 있어야만 하는 길

우린 어떻게
형제 같은 인연이 되었을고

싸우다간 웃고
웃으면서 정이 들고

서로 빤히 속 들여다보면서
왜 싸우냐 싶어도

그것이 일과인 양

살고 있는 것이에요

온 세상 사람들
천지에 널린 사랑
그냥 한번 스치고 지나가는 것을

흔들리는 나뭇잎
무수히 많은 갈등
그냥 그저 놔두면 될 것을

꼭 알아서 뭐 하겠소

이래서
서로 함께 만났겠지요
그래도
좋은 인연이라 치고 살아요

이리저리 구르다가
하얗게 웃고 있는 정구공처럼

통통 튀면서 살아요
돌돌 구르면서 살자구요

살구빛 얼굴
한반도에 태어난 것만도 다행에요

포근한 눈방울
당신이 있어 행복했다구요

어차피
왔다 가는 세상

소풍 가는 길이 아니겠소
모든 것은 운명의 순간이라지요

혼자서 걸어온
나그네 길

빈손으로
소리 없이 돌아갑시다

도시락에 물 한 잔
잊지 말고 가지고 가야지요

낭도의 낙조

짤록한 허리 여우
낭도狼島, 여수의 꽃자리 섬
조르르 구르는 고깔제비꽃
이슬방울 소리가 여우 울음 같다

지친 하루를 등에 메고
노을이 힘겹게 서산을 넘어간다
낭도, 허리를 껴안은 저녁노을
청푸른 하늘이 지구를 삼키고 있다

연노을 찰랑이는 바다는
긴 고요를 깨우고
검붉은 저녁 하늘 몸 가눌 수가 없다

이 사람들아!

여의주 주렁주렁 달고

승천하려는 청룡이 보이지 않는가
막 뛰어가서 이야기하는 것을 들어라

형용할 수 없는
하늘은 연보라 구름을 휘감고
청룡이 바다에 용솟음치는 모습을 보라

먼 사람들아 !

감기지 않은 뜬 눈으로
긴 밤잠을 이루지 못하고 낭도의 낙조에
넋을 잃는다

살평상에서

긴 하루 당수나무가 세월을 달래고 있네
낮달이 감나무 잎 사이로 살짝 들여다보고 가네

콩콩 할머니 살평상에 돌아앉아 사위 자랑 늘어놓네
아들은 5만 원인데 사위는 3만 원 내놓으라고 야단이네

귀먹은 할머니 "언제 밥 먹었느냐"고 동문서답하네

낮술 취한 영감쟁이 과수댁 걸음걸이 흉보기 시작하네
"미친 영감쟁이 헛소리하지 말라" 삿대질 하네

그러거나 말거나

중늙은이 십 원짜리 고스톱 살평상을 들썩이게 하네
치매 영감쟁이 자기는 멀쩡하다고 소리치네

"귀신 씻나락 까묵는 소리 하지 말라" 고함 치네

살구 익는 소리에 장판이 노랗게 물들여지고 있네
멍하니 바라보던 똥개 한 마리 평상 아래 졸고 있네

장모님 눈시울

눈망울 총명한 총각 하나
처녀 집 흙담 위 까치발 넘본다
마음을 훔치려다 들킨 듯
자잘한 전율이 온몸을 떨군다

혼인 날 받았다고
쌍불 켜던 장모의 눈빛은
달빛에 떠가는 은물결이 되어
호수를 층층이 물들인다

밤이 그리운 노총각
몰래 찾은 노처녀 문고리
장모님 한 눈 감은 듯
눈시울은 초롱 불빛에 반짝인다

분홍빛 색시 방에는
윤사월 달빛이 창틈에 스미고

꽃으로 수놓은 비단 방석
갓 피어오른 양귀비 꽃 같다

숫처녀 향기가 안방에 가득하니
가까이 닿기도 전에 열기가 솟는다
나의 여린 가슴은 어둠에 빠진다
꿀맛 같은 저녁이다

새벽이 오는 줄 모른다

꽃보다 예쁜 너

채송화 웃는 얼굴에
밤새 찾아온 운슬 하얗게 덧씌울 때

동자꽃 웃는 얼굴에
노을을 물고 온 잠자리 코 끝에 앉을 때

참나리꽃 웃는 얼굴에
나비 날개 실려 온 아지랑이 입술에 닿을 때

난
너를 이렇게 좋아하고 있다는 걸
이제야 알겠니

인자
우짤레 !
피-식, 웃기라도 한번 해 봐

백담사 가는 날

연푸르고, 진노랗고
가는 길 발걸음 무겁다
긴 계곡에 청노을 바람
영혼을 헤매는 천상의 길 같다

시오리 계곡에
지친 고뇌를 가득 실은 배
긴 세월에 흐르는 물결
바위를 갈고 닦아 영혼을 씻는다

냇가에 잠긴 돌덩이
사슴의 목, 용의 꼬리를 만들고
항아리 웅덩이沼에 앉아
흘러온 천년 이야기 실타래 풀어낸다

한용운의 시귀가 머뭇거린다
소리 내어 흐르는 물결

자애를 베풀고 용서를 담아서
영혼의 차디찬 물을 품어 내고 있다

이 사람들아!
그 무엇
허공에 남겨 두고 온 것
바람이 어깨를 자꾸 잡아당긴다

귀를 만져 본다

지나가는 보살님께
전 장군은 어디에서 묵었냐고
보살은 차마 입에 담기 싫은 듯
저기 저 ---
(낙엽 쓸고 있는 절 머슴을 가리킨다)

초가을

잎 떨어진 백일홍 가지에
밤새 내린 서리가 몸을 오싹하게 한다
머리를 스치는 까마귀 울음소리

"까악 까악"
어디에서 왔느냐고

영혼을 씻는 물소리가
자꾸 발목을 잡아당긴다

알 수 없어요

나이가 들어가니

어린 시절 학교에 가던 먼 길
왜 이리 가깝게 보이는지

유년 시절에 즐겨 놀던 강폭
왜 이리 좁아 보이는지

날마다
앞산은 자꾸 낮아 보이고

떠가는 구름이
왜 자꾸 가슴에 파묻혀 오는지

눈과 귀는 어두워지는데
지난날의 추억이 하나씩 되살아나는지

몸은
길 따라 산으로 올라가고

마음은
바람 따라 하늘로 날아가네

하루
하루

조금씩
조금씩

우정

대학 시절에
자취 생활이 눈에 선하다
콧구멍 방, 쌀 한 포대, 간장 한 통
전 재산이다

어쩌다
시골 다녀온 친구
아르바이트 월급 받은 날
안주 없이 마시는 막걸리 한 사발

휴대폰이 없으니
기약 없는 교정의 약속들
어쩌다 마주치면
서로 껴안고 히죽거리는 문둥이들

창선이 하숙집에 가면
친구 왔다고 달걀 후라이 해 준다

오규, 준규 침 삼키는 소리
꾸루룩 산을 넘는다

바싹 마른 친구
상석이 먹으라고 부추긴다
그 소리 듣는 순간
눈물이 확 쏟아진다

오십 년 묵은 우정
동글동글 미소 띤 얼굴들
계란처럼 노랗게 익어
늙어도 함께 굴러가자고 눈짓한다

그리운 눈방울이 골방에 숨는다

짜장면 곱빼기

산에 산을 넘어 산내고등학교에 근무하던 시절, 워낙 시골이라서 문화 혜택은 거의 없었다. 닷새 만에 서는 장날에도 의식주를 해결하는 정도의 생필품 정도이고, 간혹 목로 놓아 잡은 산토끼, 멧돼지들이 보이기도 하지만 시골 시장이라 볼품이 없다. 이름처럼 산을 중심으로 살고 있는 동네라고 '산내'라고 부른다.

소재지에서 더 멀리 떨어진 '우라'라는 동네에 한 학생이 살고 있다. 학교까지 버스가 하루 두 번 간격으로 왕래하니 자칫 버스를 놓치면 어두운 밤이 되도록 걸어서 집에 가야 하는 산골짝 동네이다. 그야말로 하늘과 산만 보이는 산중의 산골 마을이다. 시골에서 천진하게 살아왔기에 선생님을 아주 존중하였고 태생적으로 신체가 건강하고 특히 팔, 다리 근육이 아주 탄탄하고 강직하였다.

경주시에서 개최하는 육상경기 대회에 출전하였더니 쉽게 우승을 했다. 조금 더 연습을 시켰더니 경상북도 대회에서도 1등을 하였다. 시골 학교에서 도 단위 대회에 우승한다는 것은 여간 어려운 일이 아니었다. 거의 기적에 가까운 일인 것이다. 우승의 기분이 하늘을 찌를 것만 같았다.

　현철아, 오늘 수고가 많았다.

　대회를 마쳤으니 목욕탕에 가서 잘 씻고 오라고 하며 보냈다.

　잠시 뒤, 뒤통수를 만지작거리며 달려오는 모습이다

"쌤요!

　목욕탕에 들어갈 때 우째 들어가는기요" 하면서 뛰어 왔다. 고등학교 2학년까지 목욕탕에 한 번도 가 본 일이 없었으니 궁금하기도 하고 걱정이 되기도 하였던 것이다.

"이리와 봐(귀에 살짝 대고)

　옆에 사람들이 하는 것 보고 따라 하면 되는 거야, 벗으면 벗고."

　신기한 듯 탕을 나오면서

"쌤요!

물이 디게 따뜻하데요." 누런 이를 드러내며 히죽 웃는다.

식사 때가 되자

사방을 두루 살피더니 중국집이 보이자 눈동자가 동그랗게 반짝인다.

"쌤요, 짜장면 한 그릇 사 주시면 안 되는기요."

곱빼기를 시켜 한가득 꾸역꾸역 먹으면서

"한 그릇 더 먹으면 안 되는기요." 뒤통수를 긁으며 웃어댄다.

멍하니 바라보고 있는 식당 주인 양반 빙그레 웃으시며, 덤으로 한 주걱 퍼 담아 준다. 얼마나 맛있게 먹는지 짜장면 씹는 소리가 '어물럭어물럭' 아직도 귓전에 들리어 온다.

먼동이 틉니다

샘물이 솟아오르더니
따뜻한 연기가 피어오릅니다

바위틈에 햇살이 스며드니
개구리가 깨어나 기지개를 켭니다

개나리가 잠에서 깨어나더니
노란 봄을 머리에 이고 걸어옵니다

아지랑이가 실바람에 떠갑니다
짙은 안개 사이로 먼동이 틉니다

노처녀가 눈을 커다랗게 뜹니다
방구석에 묵은 때가 갈 길을 잃었습니다

까치가 돌아와 노래를 부릅니다
지난해 온다던 붕새가 날갯짓합니다

제2부

흔적이 꽃 피울 때

강물은 흘러도

서라벌 그늘 아래
천년 바위 월성을 지킨다
강물을 통째로 껴안고서
터줏대감 노릇한 지 오래다

다리발 아래 노을이 비치면
반딧불이 떼 지어 잔치를 벌인다
물결은 모래성을 만들고
마당에 풀벌레가 축제를 벌인다

긴 장마에 강물이 불어
돌마루가 떨어져 사경을 헤매면
들풀끼리 굳게 손을 잡으며
지난날의 흔적을 회상한다

말썽쟁이 들풀
강변은 둥지를 감싸 안고

긴 세월 월정교는 시름을 달랜다

강물은 흘러도

흔적이 꽃 피울 때

고부랑 오솔길
빛바랜 종이 한 장
기약할 수 없는 가냘픈 소망으로
강변열차에 몸을 실었습니다

이 사람들아 !

곱씹어 가며 머리를 처박고
하얀 이빨을 갈아 보았습니다
요요의 공처럼 되돌아오고
혼자 사경을 헤매고 걸어갑니다

먼 사람들아 !
실바람이 나뭇잎 새로 불어
보일 듯 하늘이 가슴을 열고
버들가지가 실바람에 고개 듭니다

메말랐던 논바닥에
비가 내리고 분홍빛 연꽃이
봉오리를 맺고 있습니다

추위를 이긴 유채꽃
노오란 향기 가득 머리에 이고
온 마당을 맴돌고 있습니다

지난 흔적이 되살아나고
물결은 층을 이루며 나부낀다
겨울이 사지를 혹하게 흔들어도
지난해 가신 봄은 다시 오고 있습니다

구름 둥지

벽도산 끝자락에
고라니 뛰고, 뻐꾸기 소리 요란하다
낮달이 팽나무에 걸리고
까투리가 거병이에게 먹이를 나른다

꽃사슴 구름 길
탱자나무에 흰나비가 날아든다
다람쥐, 땅거미 쏘다니고
대나무밭에 사각 바람이 걸어온다

산까치, 풀벌레 노래 소리에
안마당에 달맞이꽃 노랗게 웃는다
배꽃 가지 그늘이 달빛에 아른거리고
님 오시려는 길 산그늘 마중을 나간다

에밀레 종소리 성을 넘고
이견대 피리 소리 파도가 춤춘다

소리는 떠가다 님인 양 돌아오고
님 맞으려 반딧불이가 모여든다

둥지는 아늑한 보금자리
산정기를 타고 모량 마을을 밝힌다
청노루 하얀 똥 달빛에 기울고
구름은 말없이 달 가듯이 흘러간다

들길

늦게 핀 산쑥부쟁이
새벽이슬에 입술이 반짝인다
가을 녘 짚 내음 들풀의 속삭임
논두렁에 메뚜기는 즐겁다

갈대밭 능선에 솔바람
들꽃이 의초롭게 속삭이고 있다
풀벌레 와자지껄 노래하고
참새들이 떼 지어 무논을 휘젓는다

대추나무 주렁주렁 손짓하고
할배는 지게 지고 비뚤비뚤
할매는 소쿠리 이고 꼬불꼬불
꼬리 없는 동경이 살랑살랑 따라간다

들판은
주렁주렁 꼬불꼬불 비뚤비뚤 살랑살랑
가을을 물들인다

호들갑

꿀벌에

쏘였다고
호들갑 떨지 마라

나는
목숨까지 주었는데

너는
눈물 한 방울이 그리도 아까우냐

남겨 두고 싶다

월지를 걸으면
까치가 솔가지에 앉아
새벽녘 가져온 소식들
가딱가딱 몰래 혼자 보라고

구름이 낮게 깔리면
둥지 새 걸음마 살며시 비치고
빨강 벼슬 하얀 목덜미
총총 발걸음 하얀 손 만져 보라고

해변에서 찍은 사진들
빛바래며 오래 기다렸기에
하얀 먼지 털어내고
지난날 추억을 되씹어 보라고

당신을 처음 만났을 때
두근두근 숨소리 가깝게 들린다

뒤통수 만지작거리며
손바닥에 식은 땀 흘리던 순간들

막내아들 난산에
산실에 뛰어들어 가 혼난 일
느낌조차 흔들리지 않고 살아 있기에
곱게 담아서 남겨 두고 싶다

서귀포 향기는

겨울이 파릇하다
연자색 겨울 감자가
보랏빛 향기를 내뿜는다
언 밭에 달린 열매가 입맛을 흔든다

거리마다 감귤 가로수
가슴 깊숙이 떠내려온다
동백나무 사방으로 물들이고
유채꽃 노란 물결이 품에 안긴다

동백꽃 포레스트
입술에 빨강 립스틱
연자주 목덜미에 치마저고리
빨갛게 물든 노을이 산을 넘는다

설익은 햇살에
감귤 밭에 아지랑이

녹지 않은 진눈깨비가
한라산을 목에 걸고 바람에 날린다

녹을 줄 모르는 싸락눈
떨어질 줄 모르는 동백꽃
길 잃은 다금바리가 꼬리를 흔들며
서귀포 향기가 가랑이 붙잡고 놓지 않는다

다섯 공주

홍콩 하나
진주 둘
서울 둘
제주 나들이 간다

홍콩 눈썹 공주
진주 콩 공주, 팥 공주
서울 오막 공주, 조막 공주

할아버지, 할머니는
떠가는 구름에 가슴 적신다
공주들 정분은 한라산 싸락눈처럼
차곡차곡 깊이를 더한다

부풀린 나의 가슴
공주들의 재롱에 잠기고
영롱한 눈망울 여린 볼기에

꽃구름 되어 몽실몽실 떠간다

애들아!
뭐 묵노

노을이 어둠에 깔리고
초저녁 달빛이 마당에 일렁인다
달그림자 나들목에 뒹굴고
작은 흐름이 새벽을 맞이한다

가슴앓이

청파도가 새벽을 깨운다
새까만 눈썹 곱슬머리 사나이
서울 아가씨와 혼인을 한다지
수선화 향기 문지방에 가득하다

신혼 이사 엄마 마음 설렌다
처갓집 숨소리에 귀 쫑끗
강북은 촌村이라고
시댁은 동백섬 풍광이나 즐기려

기쁨 찬 물김치랑, 가래떡 썰어
보퉁이 챙겨 가는 날 기다렸건만
가슴엔 검푸른 파도만 일렁이고
갈매기조차 무심하기만 하네

불어오는 바람은
끊어지지 않은 미온적 향기

출렁대는 파도 소리 품으로 돌아오리

먼 길을 걸어간다

까치 친구

녹지 않은 눈이
아침 햇살에 쪼이고 있으니
노란 유채꽃은 추운지 모른다

눈 덮인 산을 넘어온 듯
까치가 세은이 친구 하잖다

까치야!
난 "진주에서 왔는데"
넌 "어디에서 왔느냐"고 입짓한다

까치는 "꼬곡꼬곡"
난 "고향이 서귀포"라고 꼬리 까딱인다

말 못 하는 세아는
까치의 주둥이를 한참 바라보다가
"오물조물" 입에 침이 흥건하다

산 넘어온 손녀 까치
"꼬곡꼬곡"
"오물조물"

녹지 않은 겨울 눈이
친구에게 이야기 물방울을 굴린다
까치 노래가 봄을 재촉한다
오물조물 봄이 걸어온다

마중길 언덕에

꿀벌이 날아올 때는
배꽃 가지 흔들어 반기고

나비가 날아올 때는
쑥부쟁이 꽃으로 반기자

고라니 내려올 때는
금낭화가 흔들리게 말일세

살구정* 둥지에
벌, 나비 떼 줄지어 오게 하자
새와 곤충 천국이 되게 말일세

벽도산 올빼미
노래 소리 산정에 울리고
방아깨비 방앗간에 오게 말일세

단석산 청노루

'얼룩송아지' 노래 부르며

시 한 구절 머리에 이고 오게 말일세

새벽인들 어떠리

서산에 샛별과 함께 마중하리

송아지도 눈 비비고 따라오게 말일세

*살구정 : 목월 생가 뒤 살구나무가 많았다는 언덕

새벽이 오는 줄 모른다

시비詩碑가 눈망울을 굴린다
황리단길에 남산 돌 하나
이름표를 달고 님 맞으려
먼 길을 걸어간다

허전했던 마당에는
님은 오간 데 없이 점집만 가득
대나무 깃발 곳곳에 날리고
허무한 옛이야기 귓전에 든다

글 담긴 하얀 접시가
가가호호 인사 다닌다
발 없는 시화첩 지칠 줄 모르고
한 걸음씩 다가간다

시와 그림이 수군거리더니
동네 담장에 벽화가 만들어진다

골목은 역동적으로 숨을 쉬고
새싹을 틔운다

긴 역사를 실은 여명의 눈동자
어두웠던 거리를 반짝이게 한다
마을 어귀에 불어오는 미풍
새벽이 오는 줄 모른다

방광*이 비치는 날

죽음은 사라지고
새싹을 움 틔우는 여명
어머니의 나지막한 숨결 소리가
태생의 종소리로 피어난다

숯가마골 선산에 모셔 두고
혼령은 부흥사에 새 둥지를 튼다
오늘은 대보름 달집태우는 날
목월 마을의 액운을 달집에 싣는다

불꽃이 용솟음치며 하늘로 오르자
구름에 가린 윤사월 보름달이
어두운 구름 사이로 얼굴을 내민다
어머니는 빨강 버선을 신으신다

동네 사람들은 영문을 모른 채
사물놀이 박수 소리에 귀를 쫑긋 세운다

뒤돌아보지 않고 달님의 귀를 잡으신다

타다 남은 모닥불 새벽을 깨운다

방광* : 달이 구름 사이로 빛을 밝히는 현상(불교 용어)

소똥 냄새가 구수했다

외갓집은 '모량' 동네 곁 '솟티'라는 곳에 있다. 외갓집에는 항상 마당에 소 한 마리가 누워 있었고 외할머니가 애지중지 키우셨다. 나는 소에게 먹이를 주지 않아도 혼자 계속 되새김질을 하는 것 보고 어머니에게 물어보면서 소에 대한 호기심이 많았다. 소똥은 냄새가 구수하여 친근감이 가는 가축이었다. 모량에 가는 길에 목월 선생의 생가를 찾아가 보았다. 허름한 초가집에 중년 부부가 살고 있었고 송아지 시인이 살았던 집이라는 이야기를 듣고 마음 설레기 시작하였다.

작사, 작곡은 누구인지 알 리가 없었고 때와 장소를 가리지 않고 "얼룩송아지" 노래 부르며 노랫말에 깊은 애착을 가졌던 것 같다. 짙은 애착을 통해 목월 선생 생가 바로 곁에 삶의 터전을 잡았다. 선생의 문학 정신에 흥미를 붙이고 관심을 가지게 되자 직접 운영하시던 잡지 『心象』에 등단하여 한 가족이 되었다. 『심상』 잡지는 지금까지도 매달 발간되고 있으며 선생의 문학 정신을 이어가는 핏줄이 되어 우리 문학계 큰 선을 긋고 있다.

경주 출신의 한 사람으로 선생의 문학 정신을 이어
가고자 생가 옆에서 농원을 경영하면서 문학에 몰두하
고 있다. '청노루 구름둥지'라는 농막을 짓고 앞마당에
봉숭아꽃, 달맞이꽃, 설악초, 야생화 들과 가까이 이야
기하고 있다. 아늑한 둥지가 되어 각종 새와 곤충이 자
주 놀러 오고 있기에 동네는 늘 아담하고 평화로운 분
위기를 자아내고 있다.

선생의 문학 정신을 깊이 새기고자 생가에서 서울에
까지 교통편을 빠르게 이용하기 위해 주민들과 노력
끝에 새로운 길을 만들게 되어 착공의 단계에 이르렀
다. 내년이면 경주역(KTX)까지 불과 3분 서울까지 2시
간 3분 정도 소요되는 길이 열리게 되었다. 새 길이 열
리면 많은 사람들이 쉽게 생가를 방문할 것이고 선생
의 문학적 업적을 보다 넓게 홍보될 것으로 생각된다.

숱한 세월을 거쳐 이루어낸 결과이기에 꼭 소원이 이
루어진 것 같다. 뒤돌아보면 가는 곳마다 휘어진 초생

달이 가는 길을 밝게 비추어 주었고, 떠가는 아지랑이 조차 저의 가슴을 어루만져 주었기에 구부러진 허리가 조금씩 펴지는 것만 같았다. 함께 작은 문학관을 지어 『심상』 가족과 함께 목월 선생의 업적을 기리며 한국 문학 발전에 새로운 터전을 마련하고자 하는 길이 막 걸어오고 있는 것만 같다.

꿈나라

마누라는
늘상 코를 곤다고 잔소리해요

초저녁
툇마루에 등대고 누우면

어느새
자장가인 듯 먼저 꿈나라로 가요

콧노래는
묵은 세월에 친구가 되었나 봐요

제3부

짜릿한 순간들

내 마음

꿈속이라도 그렇지
벽도산에서
단석산까지 품는다는 말인가

모량에 낮달이 뜨고
떠가는 구름 사이 달빛에 나를 비춘다
내 가슴이 그렇게 부풀었는가
나에게 물어본다

뻐꾸기 슬피 울고
배꽃 가지 그늘이 유난히 청명하다
꽃사슴이 하얀 똥 까려 놓고
먼 산을 바라보며 가슴을 공중에 던진다

산은 문이 없어
구름 그늘도 들어와 쉬어 간다
청노루 둥지에 쪼그려 앉아

떠가는 구름 힐긋힐긋 마음에 담고 있다

산과 산
무겁지 않으냐고 물으면
가다가 걷고 쉬기도 하고
바람이 잦아지면 바람 타고 간다지

어깨에 무거운 짐
허공에 묻는다

영혼에 젖어

반월성 너머 에밀레 종소리
나비 날개에 실려 담장을 넘는다
종소리 허공에 떠가고
염불 소리 가물가물 꼬리를 단다

하늘 길이 다가오니
마음은 다시 어린이가 된다
지난 일들을 떠올리시며
여한의 눈시울을 적신다

회색 승복 치마저고리
불심 적시던 시절 주마등처럼 지난다
담벼락에 담쟁이 할 말이 많은 듯
넝쿨들이 수군거리며 기어간다

어머니는 염주를 돌려가며
층층이 떨어지는 별똥별을 챙기신다

하나씩 떨어질 때마다
어설픈 자식 걱정 앞세운다

마당에 작은 돌 하나, 풀 한 포기
허무한 세월을 함께한 사람들
영혼에 젖어 볼에 입 마주대면
느티나무는 곱게 나뭇잎을 말아 올린다

비빔밥처럼

매부리코, 바싹 마른 얼굴
오글보글 곱슬머리 한 잔 취한 듯
침 튀겨가며 푸념하는 소리
귀 쫑긋 머리칼을 곧게 세운다

삐거덕 흔들리는 의자에 앉아
입만 벌리면 국민 위한다는 정치 족,
닭 먹고 오리 발 내는 얌체 족.
죄 짓고 뒤집어씌우는 쓰레기 족……

머리를 위 아래로 휘저으며
혀를 쑥 빼어 한 바퀴 돌린다
단숨에 막걸리 한 사발
손사래 휘저으며 푸념을 뱉어 놓는다

연거푸 피운 담배 연기
주막집 천장에 용마름 그린다

김빠진 콜라 멋쩍은 웃음
주막집 분위기는 순간 고요가 흐른다

어르신 너털웃음……
세상은 다 그런 것이야
갖가지 음식이 섞이어야 제 맛이 나는
꼭 비빔밥처럼

당목항의 고요

완도에 뻗어 있는 가지들
주렁주렁 바다의 밭을 이룬다
섬들의 이야기꽃
연락선 고동 하루가 길기만 하다

작은 섬들의 어우러짐
큰바다새, 갈매기 줄지어 날은다
저문 항구는 어선을 기다리고
어부들 고기잡이 해 가는 줄 모른다

거북선이 왜적 무찌르고
진도 대교 울돌목 길을 밝힌다
명량해전 성전에
수군들의 함성 소리 귓전에 맴돈다

당목항은 고요가 바다를 연다

나이를 알 수 없는 동백나무들
때죽나무 연리지가 바다를 감싸고
숲의 향기가 파도에 삼키어
아토피 치유센터가 문을 연다고 야단이다

낙조에 파란 하늘이 열리고
약산 막걸리가 노을을 타고 걸어온다
연분홍 바람 띠가 취기를 감돌게 하고
어둠이 노을을 잡아당긴다

길

홀로 가면
손가락 만지작 걸어간다

함께 가면
가슴을 만지작 걸어간다

웃고 가면
마음을 만지작 걸어간다

울고 가면
기쁨 반 슬픔 반 걸어간다

님과 가면
이승 반 저승 반 걸어간다

산인지 들인지

왕, 리, 장, 천
김, 이, 박, 망정
아담스, 알렌, 앤더슨

동네 우물가에서
산속에서 만난 남자와
산인지 들인지 아리송하고

기모노에 베개가
섬나라를 지키려나
하얀 설레임을 자아낸다

밀애

시간아!

우리 둘만이 있게 해 주렴

사랑이 부탁한다

야구 경기

'삼성'과 '기아' 야구 시합을 하네.
'사자' 이겨라 고성을 지르고 난리를 피우네.
호랑이' 이겨라 십 원짜리 쓰며 열을 올리네.
먼 동네 사위 왔으니 조용하라고 당부를 하네,
무의식적인 고함 소리 그칠 줄 모르네,
할망구 짝눈으로 쏘아붙이기 시작하네,
딸아이도 엄마 편에서 째려보네,
고함은 왜 지르느냐고 눈살 찌푸리네.
홈런 한 방에 스트레스를 확 날려 버리네,
하얀 공 아무 일이 없는 듯 돌돌 굴러가네.

하늘 정원

고요가 적막의 무게를 잰다

찾아오는 이 없어도
기다리고 있는 적막
떠가는 이 없어도
마중 나온 구름 꽃

들리지 않은
봉황새 노래 소리에
허공은 머리를 풀고
들판은 푸르름이 활기를 더한다

귀먹은 할매가 방아를 찧는다
뿔이 긴 꽃사슴이
뿔로 쓴 시詩 비틀비틀
연필 깎는 소리 들린다

심상의 씨앗은 꿈을 낳고
하늘 정원은 날개깃 둥지를 튼다
노란 달맞이꽃이 눈을 비비고
잠에서 깨어난다

적막 위에서

평화의 숨결

도당산 언덕 아래
고라니가 풀을 뜯어 먹고
새끼가 젖을 빨고 있으니
나도 평화로운 고라니가 되지요

어미와 새끼의 애착이
서로 감싸주는 사랑이 되고
믿음의 꽃으로 피어나서
어둠의 불씨가 새롭게 살아나요

조건 없는 사랑이
끝없는 애정으로 피어나고
자그마한 행복이
평화의 숨결로 싹 틔우게 되지요

탁구 대회

탁구 선수들 모조리 군산에 모였네.
색다른 유니폼 걸치고 몹시도 쏘다니네.
작은 놈과 큰 놈이 한판 붙네.
서울팀이 목덜미 하나만큼 더 크네.
사투리가 귀를 찌르고 있네.
넥타이 신사들이 울긋불긋 단풍 열을 올리네.
서울팀이 쩔쩔 매고 있네.
감독의 눈에 불이 물이 되고 말았네.
상상 초월한 시골팀 우승이 하늘을 찌르네.
환희의 눈물이 꽃물 되어 허공에 떠가네.
꽃물은 드론을 타고 단숨에 경주까지 날아가네.
아기 벚꽃이 마중 나와 손 흔들며 반겨주네.
시가지에 들국화 향기가 공중을 날고 있네.

세은이

손녀 생일이다
아기 까치가 까악까악
월지에 핀 연꽃을 물고 온다
빨간 촛불이 살랑살랑 나부낀다

생일 노래가 흘러나오자
친구들 손뼉 소리 아기자기하다
마주 보는 야릇한 시선들
가녀린 미소가 눈가를 적신다

다섯 살 언니가 축시를 낭송한다
들릴 듯 목소리 갓 피어오른 꽃잎 같다
수줍어 움츠리던 눈시울
개나리 웃음처럼 노랗게 피어난다

달빛이 창틈으로 들어차
갸우뚱 꼬리를 흔들며 따라온다

동생 세아가 꼬리를 잡았다고
자지러지게 웃는다

빛바랜 항아리에
몰래 핀 제비난초가
목을 길다랗게 드리우고
연보라 빛 향기 거실을 가득 채운다

잡초 인생

가는 길 막지 마라
꽃밭이고 가시밭이고
막무가내 들어갈지어다

기백을 꺾지 마라
당신의 먹이가 될지언정
꿋꿋하게 자랄지어다

기회를 막지 마라
뜨거운 태양에 쪼이며
때를 기다리고 있을지어다

함부로 하지 마라
밟히고 찢어져도
강하고 질기게 이겨낼지어다

단점에 흉을 보지 마라
씨알을 맺지 못해서 억울하다
약초가 되어 다시 보답할지어다

인생의 잡초들
곳곳이 박혀 옥토가 사라진다
하나씩 뽑고 꽃피는 강산 세울지어다

삼천포 풍광

진주 가려다 잘못 들면
삼천포로 빠져 장사를 망친다
박재삼 문학관에 동리 선생 흔적들
노산 공원 풍광이 가슴을 찌른다

동박새 울음에 핀 동백꽃
연두빛 립스틱 향기 시가지를 적신다
포구 갈치들의 은빛 날갯짓
햇살에 부딪혀 동네를 집어삼킨다

어촌을 지키는 총각 아재들
듬직한 품성이 동네를 살찌운다
주논개의 애절한 사연들
"삼천포 아가씨" 노래 곳곳에 자욱하다

출렁이는 바다에 온몸을 묻는다
겨울 하늘에 불어오는 바람

조매화가 땅에 떨어져 뒹굴어도

봄이 오는 줄 모른다

짜릿한 순간들

사범 대학을 졸업하고 처음 부임한 학교가 아담한 어촌 마을이었다. 아침마다 출근을 할 때면 학생들 천진한 모습, 갸륵한 마음씨가 나의 마음을 사로잡기 시작을 하였다. 체육 교사로서 일과가 끝나면 운동선수를 지도하느라 하루의 일정이 꼭 짜여 빈틈없는 생활을 하게 되었다. 일상이 몸에 배이고 여기 저기 학교를 옮겨 다니며 비교적 바쁜 생활을 하면서 많은 선수를 양성하였다. 가슴에 지워지지 않고 머리에 남아 있는 학생이 올림픽 금메달의 주역인 구본찬 선수이다.

구 선수는 신라중학교 양궁 선수로서 매우 착하고 예의가 바른 학생으로 주변 사람들로부터 칭찬이 자자하였다. 양궁에 대한 애착은 누구보다 열정적이었으나 대회 성적은 그다지 좋은 결과를 가져오지 못해 모두들 안타까워하였다. 사춘기가 지날 쯤 체육고등학교 입학을 하자 평소 남다른 열정과 기본 체력을 바탕으로 서서히 두각을 나타내기 시작을 하였다. 고등학교 학생이 전문 프로 선수들과 어깨를 겨루기 시작

하자 불과 몇 년이 채 되지 않아 국가대표 선수로 선발이 되었고 이어 올림픽 대표 선수로 발탁되었으며 파리 올림픽 2관왕 주역이 되었던 것이다.

급기야 금메달을 목에 걸고 대한의 사나이로 전 세계인의 주목을 받으며 파리의 하늘에 대한민국의 국기를 두 번이나 하늘을 찌를 듯 높이 올리게 하는 영광의 순간을 만들어 낸 선수가 되었던 것이다. 이 얼마나 영광스럽고 자랑스러운 일이 아니던가! 분위기가 가시기 전에 금메달 두 개를 목에 걸고 자기를 키워준 모교에 와서 손을 흔들며 정문에 들어오자 후배들로부터 환영의 함성 소리가 경주 시가지를 들썩이게 하였다.

이런 감격의 순간이 말로 표현을 할 수 없었으며, 북받쳐 눈물이 화르륵 쏟아질 것만 같았다. 구 선수는 교문 앞에 일렬로 줄지어 맞이하는 후배들에게 일일이 손을 잡고 웃음을 던져 주며 감격의 순간을 전하랴 강당까지 두 시간이 넘게 소요가 되었다. 강당에는 선

후배, 동료들로 꽉 채워지고 이웃 주민까지 몰려와 앞 사람의 머리를 피해가며 까치발을 들고 감동의 순간을 바라볼 정도이었던 것이다.

구 선수는 실제 시합장에서 일어난 순간을 이렇게 말했다. "세계인의 이목이 집중된 결승전에서 경기의 매 순간 기억이 전혀 나지 않았다"고 진솔하게 말하였다. 도대체 어떻게 올림픽에 금메달을 목전에 둔 결승 경기의 순간이 기억이 나지 않았다는 것인가 이해가 되지 않았다. 얼마나 긴장을 했을까 아무도 알 수가 없다. 꿈에나 상상해 볼 수 있는 장면이 아니었던가. 이 순간은 구 선수 외에는 이 세계의 누구도 느껴보지 못했을 것이다. 오직 선수만의 고귀한 맛이었던 것이다. 너무 긴장을 했기 때문에 무의식적으로 경기가 이루어졌다는 것이다. TV에 나타난 모습은 두 눈이 똑 바르고 매섭게 매 순간 한 발 당기는 모습이 정말 당차고 대견스럽기만 하였던 것과 대조적이었다. 온 국민의 가슴을 짜릿하게 전신에 전율을 낳게 했던 순간이었던 것이었다. 사람이 너무 긴장을 하면 순간의 동작은 잊어버리고 무의식 속에서 평소 쌓았던 실력이 저절로 나타난다는 것이다. 이렇게 올림픽 대회에 출전하기 위해 얼마나 피나는 노력을 하였는지 가히 짐작이 가는 것이다. 그야말로 자그마한 중소도시 경주에서 세계적인 궁사를 만들어 내었기에 자랑스럽지 않을 수 없었다. 얼마나 감동을 받았는지 십 년의 세월이 흘렀음에도 아직 뇌리에 그대로 남아있다.

제4부

질방길 고개 너머

만추

더위가 고개 떨구자
숨었던 가을이 바쁘게 걸어온다
감나무 꼭대기에 홍시가
까치에 쫓기어 넋을 잃고 있다

용동골 둑방길에는
농부들이 바쁘게 쏘다닌다
도깨비풀이 바짓가랑이 잡고
안방까지 따라와 귀찮게 군다

빨갛게 익은 대추가
자지러지게 달려 가을을 만끽한다
가지에 받쳐 놓은 막대기들이
허리가 부러진다고 야단이다

들판은 풍요로 물들어지고
박새들 노래 소리에 맛을 더한다

억새는 만추를 등에 메고
칼바람이 들녘을 훔쳐보듯 스친다

누렁이 한 마리
대나무 살평상 앞에서 오수를 즐기고
벼논에 메뚜기 한 쌍
풀잎에 몸을 가리고 짝짓기하고 있다

하노이에서 이스탄불까지

　경주에는 동리목월문학관이 있다. 한국 문학의 두 거장이 모두 경주 출신이라는 것만으로 자부심을 가진다. 지난 수년 선생의 업적을 기리기 위해 각종 문학 활동에 세월 가는 것을 잊어 먹을 정도였다. 주요한 사업의 하나로 한국 문학상 공로가 현저한 사람을 선정하여 매년 문학 발전 지원금 6천만 원(소설 1명, 시 1명)을 지원하는 것이다. 더불어 한국 문학을 국내외를 막론하고 폭넓은 교류를 실시하기 위하여 경주시와 유대가 깊은 터키를 중심으로 문학 심포지엄을 통하여 국가 간의 교류를 시행하였다. 양국이 저명 작가들로 구성하여 서로간의 실존 문학을 이해하고 선도적인 문학 발전에 기여하기 위해 수 년 서로 심포지엄을 실시하여 보이지 않은 성과를 거두었고, 문학을 통하여 국가 간 상호 교류가 증진되는 좋은 기회가 되기도 하였다. 교류 증진의 효과에 힘입어 터키어와 한국어를 동시통역할 수 있는 수준 높은 심포지엄의 장을 만들기도 하여 커다란 성과를 거양하기도 했다. 이를 뒷받

침하기 위해 이스탄불 대학 총장을 중심으로 양국 대사까지 참석하는 대성황을 이루기도 하였다. 쌓인 신뢰를 기반으로 터키 측에서 우리 문학인에 진정한 관심을 보여주며 터키 국가 전용 유람선을 이용하여 아시아와 유럽을 가름하는 보스포루스 해협을 순회하는 등 터키의 아름다운 풍광을 만끽하게 만들어 주기도 하였다.

경주시에서 국가 간의 문학 교류를 통해 기여한 공을 인정하여 다시 베트남과 교류를 확대 실시하도록 한 바 호치민 문인들과 서로 교환 방문하면서 문학 교류를 폭넓게 시행하였다. 이에 따라 경주시에서 연중 개최되는 신라문화제 행사의 일부로 베트남 작가를 초청하여 문학 심포지엄을 개최하여 소기의 성과를 거두었다. 연이어 베트남 정부에서도 문학 교류의 중요성을 인지하여 하노이에서 한·베 문학적 교류가 이루어졌기에 문학을 통한 국제 교류의 물꼬가 트기 시작을 하였다.

이렇게 조그마한 도시인 경주에서 국가 간의 문학적 교류를 실시하여 한국 문학 발전에 새로운 장을 만들었다는 것은 한국 문학사에 또 하나의 업적이 아닐 수 없다. 문학이 단순한 문화 발전에 큰 역할을 하지만 국가 간의 교류에도 중요한 하나의 매개체가 된다는 것을 발견할 수가 있었다.

　앞으로 더 내실 있는 문학의 방향을 설정하여 다시 하노이에서 이스탄불까지 달리는 새로운 길이 열리는 그날이 오기를 간절히 바라는 마음이다.

몰염치

남의 둥지에 알을 낳고
하루 종일 노래하고 즐긴다

휘파람새는 내 알 네 알 함께 품으며
새끼 탄생에 마음이 뿌듯하다

뻐꾸기는 빙그레 웃음 짓고
휘파람새는 수뻐꾸기 울음에 혼이 빠진다

생生

이 사람아
쉽게 살아라

흐르는 강물처럼
한 눈만 감고 살아라

바람은 고요를 타고
웃음이 절로 나게 할꺼야

가을이 오면

산비둘기
청노을 한 소쿠리
방내길 건너서 머루랑 다래랑

귀뚜라미
반딧불이 한 광주리
새댁이 옷깃을 여미는 밤꽃향내

가을이 오면

부부

달이네 집 마당에는
모퉁이마다 손때 묻은 작품들
꿈의 정원 이룬다

한쪽에 황토를 물고
다른 쪽에 무명베 물면
토기 굽는 가마는 온종일
타오르는 불길에 시름을 달랜다

달이가 들숨을 쉬면
백자 항아리 돌돌 굴러가고
숙이는 날숨으로 받아
봉황 방석에 꽃무늬가 뜬다

텅 빈 항아리에
동해의 파도 소리 애잔하다
수놓은 무명베 조각들

머리 풀고 용마름 허공에 떠간다

구름은 떠가다 돌아오고
산기슭에 모퉁이 예술가 부부는
그대가 바느질 수놓으면
난 흙으로 도자기를 굽는다

질방길 고개 너머

솟태 고개 넘으면
내리막 골목이 꼬부리하다
외할머니 마중 나오시고
엄마 치마폭에 얼굴을 묻는다

장산에 뜬 송아지 보름달
까투리가 논두렁을 잽싸게 지나고
벽도산 떠가는 구름 한 점
보랏빛 물든 산도화꽃 눈 맞댄다

달빛이 구름에 가려 오면
새끼 달린 고라니 길 잃은 듯
실버들 푸른 다래 덩굴 머리에 감고
쉼 없이 걸어간다

단석산 산정에 청노을
배 밭에 누워 허공에 기대면

배꽃 가지 그늘에 달빛이 일렁인다
기러기 ㄱ,ㄷ 그리며 산을 넘는다

산그늘이 품에 안기면
가시 달린 엉개나무 손 내민다
갈라진 손등은 가려움 잊고서
수줍은 듯 방앗간에 숨는다

할매는 디딜방아에서 시를 빻아 낸다

노을꽃

스스로 피고 향기가 없다
바람에 흔들리지도 않는다
영원히 시들지 않은 꽃이기에
광채가 눈부시게 가슴을 찌른다

금오봉 가는 길에
삼릉 숲에 노을이 찾아 들었다
솔가지에 연분홍 향기가 맴돌고
가지마다 햇살 꽃이 나부낀다

아늑한 숲은 아연실색을 하고
솔가지가 방향을 잃고 쏘다난다
노을은 온통 꽃등을 걸치고
냄새 없는 야릇한 향기를 품어댄다

향기는 먼 곳까지 두루 살피고
솔가지는 자잘한 은빛으로 단장한다

어느 덧 해가 기울고
정든 햇살이 눈을 비비고 나서자
어둠은 고요를 헤치고 길을 나선다

구름은 달 가듯 산을 넘고
노을꽃은 깊은 숙면에 빠진다
마당은 노을빛으로 물들여지고 만다

새벽

아침을 열어 놓으면
바다가 출렁이며 걸어온다

가슴을 열어 놓으면
하늘이 꿈을 안고 걸어온다

마음을 열어 놓으면
캄캄한 고요가 등지고 걸어온다

오늘은 열어 놓으면
내일이 바람을 몰고 걸어온다

새벽은 천천히 걸어온다

황리단길 가네

일천 년 황남길 꽃향기 날리고 가네.

활기찬 내방객 불야성을 이루고 가네.

돌 시비 하나 불철주야 님 맞으며 가네.

하얗고 새카만 모자, 선글라스 쓰고 가네.

속삭이며 미소 짓는 얼굴 눈 맞추고 걸어가네.

핫플 명소로 입에 입을 물고 바람 타고 가네.

지구촌 끝까지 가슴에 품고 옆구리 찌르며 가네.

때죽나무 해안선

천년 숲길 땅 끝에서
파도 소리 등지고 걷는다
동백나무 잔도에 마중하니
때죽나무 연리지 가슴 적신다

보길도 뱃고동 소리에
파도는 동백에 손을 내민다
미역 먹는 개구리 떼 울음
어부들은 추위 잊고 새벽을 맞는다

섬을 둘러싼 산책길
기념비에 비친 별들의 속삭임
바다와 산이 무아지경에 빠진다
전망대 깔딱 오르막 숨차는지 모른다

먼 하늘에 아지랑이
고요에 꽃배 실은 노화도

이야기꽃 해 가는 줄 모른다

해안선은 한 걸음씩 품으로 다가온다

보길도 하루

땅끝 항구가 꼬리를 흔든다
연락선은 트럭을 싣고 바쁘게 쏘다닌다
봄, 여름, 가을, 겨울
'어부사시사' 노랫소리 어깨를 들썩인다

노화도 미역밭 출렁이는 땅
조개들 미역 먹는 소리 왁자하다
일출은 바다를 등에 메고
노을은 서산을 붉게 물들인다

송시열 선생의 시귀가
귓전에 남아 하소연하고 있다
한 서린 바위에 글씨들
세월이 아쉬운 양 흔적만 바람에 날린다

님들의 피난살이
하나의 섬이 또 하나의 꽃을 피우고

흩어져 있는 섬들은 저마다 향기를 품고
님을 맞으랴 끼를 부린다

세월은 익어
천년의 뱃고동 소리로 남아
역사의 안식처 되고자 기지개를 켠다
발걸음이 뭍에서 떨어지지 않는다

잊혀지지 않은 추억

중학교 2학년 시절이었다. 학교까지 5km 정도 거리를 매일 걸어서 학교에 다녔다. 조금 형편이 나은 학생은 자전거를 타고 다녔지만 자전거가 그리 흔한 시절이 아니었다. 학교에 갈 적마다 초등학교 동기인 우익이 친구와 논두렁길을 장난하며 가는 길이 마냥 즐거웠다. 친구 아버지가 우리 학교의 선생님이라 집에 찾아 들어가는 것이 늘 조심스러웠다. 고등학교에서 '고문'을 가르치는 선생님이었지만 이번 학기에는 우리 반 '말본' 수업을 맡아 가르치게 되었던 것이다. 친구는 내 바로 뒷자리에 앉아 있기에 틈만 있으면 장난을 걸어오곤 하였다. 가끔씩 수업 중에도 나의 머리를 만진다든지, 연필로 허리를 찌르든지 하는 것은 보통 있는 일이다. 친구는 아버지에게 직접 수업을 받고, 난 친구 아버지 수업을 받게 되었기에 아주 조심스러운 시간이었다.

어느 날, 체육 수업을 마치고 말본 시간으로 수업이 이어져 있었다. 그날따라 얼마나 졸리었는지 나도 모르게 수업 중에 깜빡 졸고 말았다. 선생님이 지나시다 나의 머리를 잡고 흔들며 잠을 깨웠다. 난 친구의 장난이라 생각 끝에 무의식으로 '야 임마 왜 자꾸 까부노'하고 말을 뱉으며 팔을 휘저었다. 평소에 하던 버릇이 선생님 앞에 바로 나타나고 말았던 것이다. 선생님께서 얼마나 화가 나셨는지 즉각 나의 볼기에 일타를 가하였기에 정신이 번쩍 들었다. 별명이 "뽈찜"이라 손바닥도 얼마나 큰지 어느새 나의 얼굴은 비몽사몽이 되고 말았다. 정신을 차리고 보니 부끄럽기 짝이 없어 쥐구멍이라도 들어가고 싶은 심정이었다. 지켜보는 주위 친구들은 재미가 있는지 입을 틀어막고 웃으며 손가락질하는 것이 눈에 선했다.

　생각건대 난, 선생님에게 새로운 모습을 보여주기 위하여 이번 기말 시험을 잘 보는 것이라 생각하고 '말본' 과목 공부를 열심히 하였다. 알다시피 말본은 옛글이라 재미없는 과목이다. 요즈음 학생들은 그런 과목을 배우지도 않고 무슨 말인지조차 모른다.

어느 날 친구가 나의 이름을 부른다.

야, 한태야!

이번 말본 기말고사에서 니 혼자 만점을 받았다고 '아부지가 카더라' 하고

심술궂은 표정으로 말을 던져 주었다.

다행히 선생님께 조금이나마 보상을 한 것 같아 이리저리 뜀박질하곤 하였다. 이제 칠십이 훌쩍 넘어 친구를 만나 추억을 더듬어 회상해 보니 실마리가 풀리고 웃음꽃이 떠나질 않았다. 시작부터 헤어질 때까지 잡았던 손을 놓지 못한다. 함께한 동료들이 의미 심장한 모습으로 귀를 만지작거리게 하는 저녁이었다.

축 처진 볼기 모습, 저 하늘에서 빙그레 웃음 짓는 표정이 술잔에 아른거렸다.

겨울 냉이

꼬부라진 허리에
꼬부라진 호미를 들고
꼬부랑 밭두렁 길
눈 속을 샅샅이 뒤진다

혹한 바람에 얼굴을 내밀자
봄소식 하얗게 웃음 짓는다

언 땅을 뚫고 내린 뿌리
추위를 이긴 파릇 잎사귀
할망구 등쌀에 고개 숙이고
겨울 냉이가 입안에 맴돈다

못내 달려온 예림이
냉이 라면으로 배고픔을 달랜다
할머니 치맛자락에
냉이꽃 향기가 길을 잊어 먹는다

황리단길

황남총 토담 따라
금빛 비단길 하나
짙은 커피 향 내음
젊음으로 솟구치고

줄지어 흩어진
오래된 기와집
깨어진 토기들
천년 나이 아랑곳없이

세월을 아는 양
지난 흔적 이제 와
새로운 멋이 되어
노닐고자 미소 지으니

서라벌 옛이야기
에- 미레 에- 미레

곡옥들의 속삭임은
다아- 랑 다아- 랑

바람 타고 가련다
천마 타고 가련다
지구촌 끝까지
황리단길 가슴에 품고서

박태기꽃

홍자색 립스틱
입술이 불어 터진다

녹아 넘치는 꽃대에
속삭이는 나의 사랑

도르르
잎사귀를 말아올린다

사르르
저고리를 벗는다

해설

나의 시에 부치는 글

1) 시구詩句가 길을 걷는다

시란 어떤 물상에 대한 생각과 감정을 조절하여 아름답게 표현하는 언어의 구상이다. 사물에 대한 본질의 내면적 갈등을 화자의 가슴에 쉽게 스며들게 하여 등가적으로 의미나 느낌을 부합시키고 언어를 어떻게 적절히 표현하느냐가 중요하다. 어떤 물상에 대해 마치 살아 있는 것처럼 서로 언어의 부딪힘을 이용하여 다양한 특성을 자아내는 것이다. 독자에게 전달함에 있어 생동감이 있고 추상적인 언어라고 해도 이에 적합한 다양한 색깔이 나타날 수 있어야 하는 것이다. 이러한 것을 자연, 인간, 사물이 함께 등가적으로 유추하여 아름다운 문장을 만들어 내느냐 하는 것이 무엇보다 중요하다.

이를 너무 구체적으로 진솔하게 설명하게 된다면 화자는 작가의 진솔한 내면이나 상상력에 찾아낼 수 없게 되는 것이다. 다소 변죽을 주는 정도로 표현을 하면 스스로의 감정을 찾아서 그에 알맞은 흐름을 느끼고, 이에 적합하고 심오한 뜻을 찾아내고 내면의 깊은 맛을 느낄 수 있는 것이다.

경주에 가면 젊은이들이 많이 드나드는 황남 이라는 동네에 긴 세월을 참아 온 황리단길이 있다. 과거와 현재가 함께 공존하는 형태의 거리이기에 젊은 사람들의 마음을 사로잡아 수를 셀 수 없을 정도 많은 관광객이 찾아오는 새로운 거리로 부상하고 있다

입구에 "황리단길"이라는 시비가 세워져 있어 오는 이에게 포근함을 느끼게 한다. 거리의 품격을 높이는 것은 물론 문학적 분위기를 은근히 자아내기도 한다

비문을 들여다보면 "황리단길" P.126 참조

황남총 토담 따라/비단길 하나

불과 수년 전만 하더라도 인적이 드물고 너무나 한적하기만 했던 길이 지금에 와서는 신라 천년의 번성기를 연상하는 새로 탈바꿈한 길이 되었다. 천마총 토담 따라 아름답게 조성이 되어 있어 비단길을 연상하게 한다

커피 향 내음/젊음으로 솟구치고
주로 인생 말기에 별 하는 일 없이 지루한 하루를 보

내며 꿈과 희망을 저버린 어른들이 맹목적으로 지나 다니는 길, 장래를 불안하게 하는 사람들이 주로 이용하는 곳으로 운세를 봐주는 점쟁이들이 기승을 부렸던 골목이었다. 최근 몇 년 사이에 젊은이들이 이곳에 하나 둘 모여 미래 지향적인 생각을 사유하고 커피를 마시며 낭만을 즐기는 골목으로 새롭게 탈바꿈하여 과거를 알고 미래를 꿈꾸면서 문화가 상존하는 거리로 변모하게 되었다.

흩어진 기와집, 깨어진 토기들/천년 나이 아랑곳없이

경주가 세계 4대 도시의 하나였던 지난날의 흔적이 천년의 나이를 잊어 먹고 이제 서서히 기지개를 켜고 새 기품으로 세상에 눈을 뜨고 일어나고 있다는 것이다. 비록 기와집이 흩어져 있고 깨어진 토기가 즐비하게 놓여있을 지라도 이것은 천년의 신라를 상징하는 민족적 유물이 되는 것이다

세월은 흔적 이제 와/서로 함께 노닐고자 미소지으니

신라 번성기의 업적이 사라진 것으로 알았지만 과거의 흔적을 다시 살아나고 미래를 꿈꾸는 청년들이 서로 아끼고 사랑하며 즐기는 장소로 변모하여 곳곳에

서 찾아와 함께 놀고 웃음을 짓게 하여 깊은 감명을 주는 곳으로 바뀌고 있다.

서라벌 옛이야기/곡옥들의 속삭임은

지난 시절에 차마 잊을 수 없는 많은 이야기를 새롭게 토해내고 욕구를 충족시키고자 하는 마음이 가득하다. 에-미레, 에-미레 하고 에밀레 종소리처럼 어미를 그리워하는 것이 아니라 무엇인가 새로운 것을 찾고자 하는 간절한 욕구를 자아내고자 하는 것이다. 신라의 아름다움을 상징하는 곡옥*들이 여성들의 가슴이나 귀에 달려 다아-랑 다아-랑 흔들거리며 새로운 꿈을 찾고 희망을 기다리고 있는 것이다.

바람, 천마, 지구촌/황리단길 품고서

이렇게 아름다운 우리의 옛 골목을 젊은이들이 스스로 알고 찾아오는 것이 그나마 다행스럽다. 조그마한 경주라는 도시에 국한되지 말고 하늘을 날아서 지구촌 어디까지라도 날아가 아름다운 소식을 전하고 다 같이 공유하고자 하는 것이 간절한 바램이다.

*곡옥 : 신라시대 보석의 하나로 태아를 모방하여 만든 주로 귀족들이 모자, 목걸이, 귀걸이 등에 사용되었던 장신구

나태주 시인은 "이 시는 매우 아담하고 사랑스러운 작품이다. 4-3조를 바탕으로 하여 운율을 준 작품으로 읽는 사람의 입속에 가득 향기를 주는 작품이다. 그만큼 가락이 살아 있는 작품이고 생동감이 있는 작품이라는 말이다. 게다가 경주와 신라의 정조를 여한 없이 가슴에 품었다. 천년의 나라가 이 세상에 어디에 있는가. 천년의 수도란 말이 어디 또 있을 법한 일인가. 그런데 경주에 가 보면 그것이 가능하다는 것을 안다. 그러기에 경주는 모든 인류의 고향이 되는 곳이며 그리움의 대상이 되는 곳이다. 그러한 경주와 신라를 이 시가 보여주고 있다"고 하였다.

〈나태주 시인 해설 중〉

2) 시비詩碑가 향기를 품는다

비문의 소리가 허공에 떠간다

시가 눈망울 되어 굴러간다
황리단길 모퉁이 남산 돌 하나
이름표를 달고 님을 맞이한다
글귀가 살아 숨 쉬고 다니는 것이다

동네 상인들은 생활고에 견디지 못해
여러 가지 묘책을 찾기에 이르렀다
겨우 찾는 이 점 보러오는 사람이 고작,
대나무 깃발이 곳곳에 바람에 날리고 있다

문방구점 오사장이 손을 들었다.
어두운 골목이 서서히 기지개를 켠다
토박이 시인의 욕망이 꿈틀거린다
"황리단길"이란 시가 얼굴을 내민다

시를 가슴에 안은 채 가가호호 다니며
한 장씩이 100장이 되고 1,000장이 된다
발 없는 시화지가 수십 리를 걸어가고
시와 그림이 하얀 종이를 타고 수군거린다.

길거리 담장에 시가 벽화로 조성이 된다
골목이 움직이고, 문화의 싹이 트기 시작을 한다
일파만파로 거리에 사람이 북적이고
담장 조성 사업으로 시 벽화가 사라지게 된다

잃어버린 시詩를 찾아달라는 주민들
자그마한 공원에 갈색 머리 남산 돌 하나
우두커니
황리단길은 돌 시비가 자리를 지킨다

긴 역사를 실은 글귀가 어두운 거리에 서광의 빛이 들어오게 되었다. 꿈이 현실로 다가오게 되어 허전했던 과거 골목이 순식간에 거리를 꽉 채우게 되었던 것이다. 전국 방송(노래하는 대한민국 : TV 조선)에 시비가 소개되고 각종 매스컴의 조명을 받게 되자 전국적으로 명성이 자자한 골목으로 변모하였으며, 매일 수를 셀 수 없을 정도로 많은 인파가 찾아오고 있다.

국내·외 관광객이 거리에 발걸음 놓을 곳이 없을 정도이다. 불과 7,8년이 되었을까 명승고적지가 되었으며 지금에 이르러 인종을 구별할 수 없을 정도로 전 세계의 사람들이 모이는 장소로 탈바꿈하고 있는 것이다. 시비의 내용처럼 거리가 하나 둘 바뀔 때마다 나의 가슴을 찌른다.

님을 맞으려 우뚝 서 있는 대견한 모습처럼 황남길이 "지구촌 끝까지 가슴에 품고서" 천마를 타고 가고 싶은 마음이다.

〈작가의 말〉

3) 하늘에 별똥별 잔치를 벌인다

지척 거리의 첨성대가 지키고 있으며, 저 하늘의 별조차 매일 보살펴 주는 길이 되는 것이다

첨성대 별

밤마다 깊은 우물 속에
두레박을 내리고
어머니는 항아리가 가득 차도록
별을 길어 올렸다

돌 위에 돌을 얹어 놓고
바라는 것을 간절히 빌 때
하얗게 금을 긋는 별똥별이
첨성대에 내려앉았다
별이 떨어질 때마다
이루지 못한 꿈을 외쳤다

바람은 마른기침 소리처럼
갈잎을 휘몰고 가고
맑고 푸른 눈을 가진 별들은
아이들처럼 모여들어
동해 물처럼 소리쳤다

몰려오는 안개처럼
자욱한 귀뚜라미 울음은
북극성까지 등불을 켜 들고
긴 밤을 지새우면서

오지 않는 봄을 기다렸다

밤마다 떨어지는 별들이
깊은 우물에 빠져도
층층이 돌을 쌓아 올린 어머니는
꿈을 놓지 않고
두레박을 길어 올렸다

어둠이 물러나고 새벽이 오도록
천년 고도를 지키는 첨성대는
그렇게 누이를 낳고 나를 낳고
지상의 별이 되었다
차고 단단한 운석이 되었다.

　　주 시인은 시공을 넓혀 "별"이라는 심미적 천체의
이미지로 도약해간다. 이 아름다운 작품에서 기억 속
의 '어머니'는 밤마다 우물 속에 두레박을 내리시어 항
아리 가득하게 별을 길어 올리셨다. 어머니의 반복되
는 간절한 기도가 첨성대에 별똥별을 내리게 했고, 별
은 떨어질 때마다 '꿈'을 외치고…….

〈유성호 평론가(한양대 국문과 교수) 해설 중〉

4) 모량리 달빛이 연필을 깎는다

목월 선생의 그늘 아래 방석을 깔고 자리를 한다.

가까이 모량리에 선생의 생가 달빛이 언제나 밝게 비춰 주고 있기에 거리는 더욱 활기를 되찾고 이름 모르는 야생화 향기가 동네 구석구석 짙게 품어 주고 있는 것이다.

모량의 달

당산에 하얀 빛 그늘
목월은 좁다란 오솔길 걷는다
언덕 위에 산도화 꽃이슬
청노루 가슴을 적신다

달빛은 창틈으로 들어와
야생화 꽃방석을 깔아 놓고
꽃사슴 등 위에 하얀 꽃
달빛에 어리고 있다

산기슭 마을 호롱불

짐승 울음소리에 가물거린다

숨어 흐르는 갯도랑의 물소리

나지막이 먼 길을 걸어간다

모량의 달은 새벽이 오는지 모른다

경주나 신라를 소재로 한 시에서도 그렇지만 이 시에서도 박목월 시인을 연상시킬 만한 단어가 아주 많이 나오고 있음을 본다. '모량, 단석산, 목월, 꽃사슴' 등등. 나 또한 박목월 시인을 그리워하는 마음으로 두 차례나 경주시 건천읍 모량리에 위치한 박목월 시인의 생가를 방문하고 모량역까지 가 본 일이 있다.

아, 그리운 옛날의 스승은 안 계시고 스승의 생가만 있구나, 그런 감회에 먼 하늘을 오랫동안 바라본 일이 있는데 주한태 시인은 바로 그 모량리에 살면서(아니면 자주 드나들면서) 옛 스승을 그리워하니 그래도 그리움이 많이 다스려지겠거니 싶다. 이런 고향의 후생後生이라도 한 분 있으니 박목월 선생이 그래도 덜 외로우시겠거니 싶다.

"산기슭 마을 호롱불/짐승 울음소리에 가물거린다/마음을 적시는 갯도랑의 물소리/나지막이 흘러 먼 길을 걸어간다//모량리 달은 새벽이 오는지 모른다". 그나저나 저 감칠맛 나는 향토어鄕土語를 좀 보시라. '호롱불', '갯고랑'이란 말, 이 얼마 만에 들어 보는 정다운 언어인가.

더더욱 "모량리 달은 새벽이 오는지 모른다"는 이 문장은 또 얼마나 가슴 깊이 안기는 문장인가. 박목월 선생이 바라보며 눈물 글썽였을 모량리의 달을 주한태 시인이 다시 바라보면서 눈물 글썽이고 있음이여. 그것을 또 멀리서 훔쳐보는 이웃의 마음이여!

〈나태주 시인 해설 중〉

남기고 싶은 말

시와함께(Along with Poetry) 시인선 036

주한태 시집

황리단길 가네

발 행   2025년 8월 25일

지은이   주한태

펴낸이   양소망

펴낸곳   도서출판 넓은마루

주 소   (03132) 서울특별시 종로구 삼일대로 30길21, 410호(낙원동, 종로오피스텔)

전 화   02-747-9897, 010-7513-8838

이메일   withpoem9@daum.net

출판등록   제2019호-000100호

인쇄 · 제본   (주)지엔피링크

저작권자 ⓒ 2025, 주한태

ISBN 979-11-90962-46-9(04810) 979-11-90962-04-9 (세트)

값 12,000원